I0683602

(Conserver la Couverture)

A. DE MIOMANDRE

LES

DÉSAGRÉMENTS

D'UN

CAMÉLÉON

PAMPHLET POLITICO-LITTÉRAIRE

> Comme des nœuds de vipères sous un
> fumier qu'on soulève, il regarde grouiller
> les mauvais instincts naissants, les igno-
> bles habitudes paresseusement accroupies
> dans leur fange.
> (Préface des *Fleurs du Mal*.)

ANNECY
IMPRIMERIE DE CH. BURDET

1869

DEUXIÈME ÉDITION

LES

DÉSAGRÉMENTS

D'UN

CAMÉLÉON

PRÉFACE

Hommes de bien fourvoyés dans ce monde,
Vous qui croyez à la sincérité,
Prêtez l'oreille et que ma voix féconde
Vous montre enfin la triste vérité.
Que de vautours qui semblent des fauvettes,
Et que de loups qu'on prend pour des moutons !
Que d'embonpoints nous cachent des squelettes !
. . . .

Parfois, le voyageur aux champs d'Afrique s'arrête surpris par des sifflements aigus et prolongés qui sortent d'un buisson.

Il s'apprête à lutter contre quelque animal terrible, et, tout en se tenant sur ses gardes, il s'avance vers le repaire.

C'est en vain que ses regards plongent dans le fourré ; il n'aperçoit rien, rien et toujours les sifflements.

Enfin, une feuille a remué et une espèce de lézard verdâtre apparaît, se traînant lentement et ouvrant une grande bouche.

L'animal terrible est tout simplement un pauvre diable de caméléon.

La Providence lui a donné trois moyens de défense : un sifflement aigu ; la propriété de changer de couleur suivant l'objet sur lequel il se trouve ; enfin, des yeux à facettes qu'il roule de façon à voir de tous côtés.

* *
*

Comme quoi il y a des caméléons bipèdes et venimeux.

> Morte la bête, mort le venin !

La preuve qu'il y en a, c'est qu'Annecy en possède, à ma connaissance, un qui ne laisse rien à désirer : changements de couleurs, sifflements, yeux à facettes, etc., etc. Il se tient d'habitude là-bas, sur un quai auquel il voulait faire donner le nom de *Guillaume Fichet*.

Pour être politiques, ses couleurs n'en sont pas moins variées ; il produit ses inoffensifs sifflements à l'aide d'un organe appelé *Mont-Blanc*.

Ah ! par exemple, les facettes de l'appareil visuel laissent énormément à désirer sous certains rapports, ainsi qu'on le pourra voir par la suite.

Ce caméléon est, je crois, venimeux. Aussi, est-il prudent d'écraser le reptile ; sans cela, mon Dieu ! nous le laisserions bien brouter en paix au râtelier officiel.

* *
*

Pourquoi nous avons résolu d'égayer le public avec si petite chose que les désagréments d'un caméléon bipède et venimeux.

> Et je tordrai si bien cet arbre misérable,
> Qu'il ne pourra pousser ses boutons empestés.

Assurément, c'est faire beaucoup, beaucoup trop d'honneur à un chétif reptile, que de s'occuper de ses faits et gestes ; mais il ne s'agit point ici d'autre chose que d'écraser un être désagréable à la vue. Il y a des primes accordées pour les cadavres des vipères, et des chasseurs consacrent leurs loisirs à la destruction des animaux malfaisants : c'est ici le cas.

Cette petite explication donnée, nous allons raconter les désagréments survenus à notre caméléon, et ceux qui lui sont réservés jusqu'au jour où une bande de gamins attacheront son cadavre au bout d'un bâton et s'amuseront à le promener par les carrefours.

* * *

Où l'auteur fait connaissance avec le caméléon, et s'aperçoit qu'il est venimeux.

Ici parlons sans métaphores.

Donc, nous sommes arrivés dans les parages annéciens, il y a quelques mois. Il ne s'agissait point uniquement de faire la chasse aux caméléons venimeux ; mais, par la suite, la chose est entrée dans le programme.

Plusieurs caméléons grands et petits sont venus, sans plus tarder, nous agacer de leurs sifflements. Nous avons distribué à droite et à gauche quelques chiquenaudes, et tous, sauf celui dont nous nous occupons aujourd'hui, sont rentrés dans leurs tanières.

De temps à autre quelqu'un a bien montré le bout du nez, mais, bah! le gibier ne valait pas la poudre.

Et puis peut-être n'étaient-ils pas venimeux ; dès lors, pourquoi faire du mal à d'inoffensives bestioles ?

Nous avions eu longtemps des doutes sur les morsures du susdit, mais, hélas! il n'y eut bientôt plus d'illusions.

Si elles n'étaient pas venimeuses, elles cherchaient à l'être ; il suffit, pour s'en convaincre, de lire certaines élucubrations en prose et vers, où ledit caméléon se fit protestant, tout comme il se serait fait juif ou mormon!

* * *

Opinions politiques et religieuses de notre héros.

· ! ! ! !

C'est bien dommage que l'espace nous manque pour nous étendre sur un si réjouissant sujet.

Hélas ! nous en sommes réduits à le résumer aussi brièvement que possible.

Regrets superflus !

« Vive...! !... vive l'empereur ! vive l'impératrice ! vive le prince impérial ! vive les religions catholique, protestante, juive ! etc., etc.

« A bas la religion catholique ! à bas les éteignoirs !

« Vive M. le préfet, M. le maire, M. le garde-champêtre !

« Vive M. le commissaire de police !

« Vive l'empereur, vive la démocratie, la démagogie, vive la liberté, vivent les gendarmes !

« Vivent les annonces judiciaires !! »

(La suite prochainement.)

*
* *

Comédie en un acte et en prose.

Il partit plus vite qu'il n'était venu.

Le théâtre représente la préfecture à dix heures du matin. Une porte s'ouvre, par où s'échappe Caméléon Ier, suivi de près par un soulier attenant à l'extrémité d'une jambe, laquelle semble ne pas manquer de nerf !

On entend un sifflement aigu, la porte se referme ;

Et tout rentre dans le silence. (Tableau ! ! !)

*
* *

Comment Caméléon Ier en vient à répandre une larme de crocodile.

Priant... pleurant ? où va-t-il ? il s'avance...

L'autre soir, dans l'ombre noire, glissait à pas furtifs une ombre verdâtre et tremblante. Après s'être faufilée le long du futur quai Fichet, elle prit l'avenue du Haras, les arcades des rues du Pâquier et Notre-Dame ; puis, on la perdit dans les ténèbres de la place Notre-Dame.

Un passant attardé raconta le lendemain qu'il avait aperçu, dans la nuit sombre, une forme humaine qui, soudain, s'était abîmée dans les profondeurs du sol.

Naïf passant!

Nous avons su, depuis, que le fantôme n'était autre chose que Caméléon Ier, à la recherche d'un abri pour ses vieux jours.

En passant devant la maison du Seigneur, il crispa ses pattes d'une comique façon, et, à la lueur d'une pauvre petite étoile égarée au firmament, il lança dans les airs un anathème caméléonien, au Christ, à sa religion et à ses prêtres.

Les chauves-souris, en quête d'insectes nocturnes, l'entendirent murmurer : Calottin! Jésuite! Éteignoir! Charretier! Annonces judiciaires!...

Cette dernière exclamation lui arracha une larme, une seule, mais grosse comme un œuf de canard.

Quelques minutes après, le prétendu revenant, badigeonné de certaine teinte rougeâtre, se présentait à quatre pattes et sa larme à l'œil, dans une réunion d'honnêtes démocrates en train de savourer un café démocratique et de fumer de pacifiques calumets.

La conversation roulait sur la politique et, à part quelques excentricités de langage, la discussion ne manquait point de sens ; il y régnait surtout un sentiment de conviction qui ne fut point sans causer quelque embarras au nouveau venu.

A force de s'aplatir, il parvint à se glisser sous la table, et les convives ne furent pas légèrement stupéfaits à l'aspect de cet aplatissement, qui dépassait de beaucoup les données de l'histoire naturelle.

Caméléon, profitant de la surprise générale, laissa choir sa fameuse larme et demanda, d'une voix éteinte, d'expliquer les motifs de sa visite ; il n'avait que deux mots à dire, il serait court, à peine s'apercevrait-on de sa présence ; on ferait une œuvre charitable, et il connaissait trop les généreux sentiments de la démocratie savoisienne pour avoir à redouter un refus qui le frapperait droit au cœur...

(A ce moment, un mouvement un peu brusque d'un des assistants renversa la carafe, dont le contenu glissa sur la peau rougeâtre de Caméléon, et une grande bande tricolore apparut aux regards méfiants de l'assemblée.)

Caméléon, sans se douter de la mésaventure, continua de geindre sa complainte, annonçant qu'il était décidé à rompre à jamais avec les principes catholiques, qui étaient une hideuse plaie pour l'humanité ; qu'un de ses accolytes, caméléon couleur *Opinion Nationale*, avait déjà entrepris une guerre sans merci contre l'affreuse secte des *éteignoirs*. (Lisez : *jésuites !*)

Que lui-même, dans un article écrit en caractères gros comme sa larme *(il l'avait ramassée et la tenait dans sa main)*, avait donné un énergique *avis aux pères de famille,* afin de les prémunir contre la gangrène, l'immoralité des institutions ecclésiastiques, dont tous les membres ne manquaient jamais d'être condamnés, un jour ou l'autre, aux travaux forcés à perpétuité !

Puis, baissant la voix, il ajouta, après avoir regardé sous les tables, les chaises, dans la cheminée, au plafond, qu'il comprenait que la sainte liberté ne pouvait s'accommoder des tyranniques exigences d'un pouvoir que... qui... dont... auquel il avait résolu de retirer son appui pour en faire hommage aux vaillants démocrates qui s'apprêtaient à entrer dans la lice...

Caméléon commençait à être embarrassé, quand un des assistants, prenant la parole, répondit poliment que la démocratie saurait faire elle-même ses affaires, qu'elle ne tenait nullement aux transfuges ; en conséquence on priait Caméléon Ier d'aller porter ailleurs ses services multicolores.

Voyant l'air piteux du pauvre diable, un deuxième assistant en eut compassion et, ramassant les morceaux de sucre épars sur les tables, il les glissa dans la poche de Caméléon, qui s'esquiva par où il était venu et s'élança à travers champs.

*
* *

Caméléon Ier chez les démagogues.

> Eh bien ! bataille, alors, on va se divertir ;
> Derrière un mur prudent, le duc peut se blottir.

— Toc ! toc ! toc !

— Qui va là ?

— Caméléon Ier.

— Vous désirez ?

— Soutenir les principes, grands, nobles, sacrés et immuables de l'auguste démagogie.

— Vos antécédents ?...

— Pour commencer par le commencement, je n'ai qu'un vaporeux souvenir de mes débuts ; j'ai soutenu le parti catholique, j'ai été officiel, démocrate..., en un mot, j'ai passé par toutes les phases où puisse passer un caméléon que... qui... dont... Ayant été chassé par tous les autres partis, vu mes tendances caméléoniennes, j'ai pensé que la charitable démagogie.....

A ces mots, éclate un effroyable vacarme : cris de rage, cliquetis de pincettes et de manches à balai...

Le chef des démagogues emboîte des bottes à l'extrémité solidement façonnée, et l'hallali commence...

— Aïe !... ouf !... ah !... chiens de démagogues !... à l'assassin !!...

*
* *

Une idée lumineuse.

Eureka !

Par un de ces caprices du hasard, qui confectionne aux jours d'hiver de grandes chandelles avec de la glace, et sème au printemps les coquelicots au milieu des jaunes épis et des bleuets ;

Par un de ces bizarres caprices du destin, dis-je, il advint une chose vraiment bien étrange, et biscornue à faire rêver la gent caméléonnienne des siècles futurs.

Vers l'an 1867, un de ses membres parvint à s'introduire dans une société littéraire !

Longtemps il y siégea à l'instar de son fauteuil ; mais un beau jour, jour à jamais néfaste, jour maudit ! une bouffée d'ambition lui monta au cerveau.

Il se dit :

« Et moi aussi, je ferai quelque chose ! »

Le difficile était de trouver cette fameuse chose.

Des jours, des semaines, des mois se passèrent dans les veilles et les méditations.

Il avait beau se coguer le front contre tous les murs, se donner des coups de poing dans le dos, rien, rien, toujours rien !

Une après-midi pourtant, Caméléon se promenait le long des quais, suivant d'un œil mélancolique les jeunes vérons du canal et les tessons de bouteille qui gisent au fond de l'eau. Il faisait beau, très-beau ; les hirondelles sillonnaient l'azur en gazouillant, un pêcheur à la ligne amusait les petits poissons et une fraîche fillette chantait à une fenêtre voisine : *Malbroug s'en va-t-en guerre!*

Soudain, Caméléon fut croisé par deux passants, l'un disant à l'autre : « Le célèbre Rousseau habita ces lieux. »

Ce fut un coup de foudre. Caméléon porta la patte à sa nuque, écarquilla les yeux et s'élança dans la direction de chez lui, où il arriva après avoir bousculé une blanchisseuse et en criant :

Eureka! Eureka!

On crut d'abord que le soleil l'avait un petit peu... incommodé.

Il poursuivit :

Eureka! Eureka..... Le Dictionnaire des cinq cent mille adresses..., le Dictionnaire des cinq cent mille adresses...

On lui en apporta six! S'élancer vers le premier, courir à la lettre R, tout cela fut l'affaire d'une seconde.

— ... R..., R..., Rou..., Rousseau..., pépiniériste !...; tiens! pépiniériste?... c'est singulier...

... Jean, apportez-moi vite un dictionnaire français.

. . . .

— Voyons un peu : P... pépi..., pépiniériste ! Ah ! pépiniériste..., — qui s'occupe de la culture des arbres fruitiers et des plantes potagères!... C'est singulier.

Et le nouvel Archimède tomba dans une profonde méditation, d'où il ne sortit qu'au bout de quatorze heures.

Trois jours durant, au clair de la lune, il roula le long des quais, murmurant : pépiniériste...., Rousseau...., célèbre...

Enfin, succombant sous le poids de ses émotions, il s'en alla trouver un sien ami, lequel, possédant quelques teintures littéraires, philosophiques et industrielles, lui suggéra le complément et la fin de son idée.

Pas plus tard que deux jours après, le 2 juillet 1869, la Société littéraire dont il faisait partie ouïssait une fantastique proposition, d'après laquelle il fallait donner le nom de J.-J. Rousseau, le penseur, le philosophe, le moraliste, l'homme de bien, le vertueux citoyen, à tel quai, parce qu'il devait y avoir eu dans ces parages une fenêtre où Jean-Jacques avait mis le nez dans son jeune âge et que les étrangers qui visitaient Annecy avaient juré de n'y plus remettre les pieds, si l'année prochaine il n'y avait pas un monument élevé à la mémoire de Jean-Jacques.

D'autre part, il fallait donner le nom de Guillaume Fichet à tel autre quai, parce que Guillaume Fichet avait été un grand imprimeur, et que lui, Caméléon, en était un bien plus grand encore et habitait par là.

Si seulement il eût demandé pour ce bienheureux quai le nom de *Quai des Caméléons!*

Quel enchantement! Rien qu'à cause de cela tout le monde aurait voulu s'y loger!

On verra par la suite où aboutit l'idée lumineuse.

* *

Jusqu'où peuvent aller les connaissances littéraires d'un saurien.

Le temps avait emporté, sous son aile rapide, les chaudes journées de juillet et d'août.

Le saurien se frottait les pattes, comptant avoir acquis une grande gloire par sa proposition *Rousseau* et *Fichet*.

Le malheureux escomptait d'avance ses triomphes futurs!

Il entrevoyait déjà dans le lointain des âges, son nom gravé au coin de trois carrefours. Et qui sait? peut-être une statue équestre sur le Semnoz.

Hélas! l'homme propose et Dieu dispose!

Une feuille cléricale était là, qui veillait dans l'ombre, épiant l'instant propice pour saisir sa trop facile proie.

Et pourtant, la *feuille-éteignoir* (style de gabelou malmené) poussa la condescendance jusqu'à discuter sérieusement et poliment les fameuses propositions. — Idée lumineuse!

Le saurien riposta par une épître, laissant entrevoir qu'un délirant enthousiasme avait accueilli l'*idée* dans le sein de la Société littéraire.

Nouvelle réponse de la *feuille-éteignoir*, toujours en termes polis!

Soudain, l'organe saurien éclabousse tous les arguments à peu près en ces termes :

« J'sais pas trop ce dont il s'agit, mais c'est pas toi qu'a trouvé les arguments. C'est un autre, et c't'autre, si le permet, je tâcherai d'y cracher quéqu'injure. »

Réclamation énergique de la *feuille-éteignoir*.

L'organe saurien risposte :

« Ah ! elle est bien bonne celle-là ! *Cuique suum* (1). Comme si moi, Louis-Népomucère Caméléon Ier, j'avais pas reconnu le style, ceci, cela, d'un autre, ses tours de phrases, etc., etc., etc.

« ... Et puis, après tout, il circule sur le quai une épître ousque fourmillent les fautes d'orthographe, de français, etc. »

Réclamation plus énergique de la *feuille-éteignoir*.

L'organe saurien siffle :

« Et puis, après tout, vous êtes des charretiers, et que vos coups de fouet c'est comme un coup de bonnet sur la nuque d'Aliboron. J'en ai pris l'habitude, et puis j'ai une peau, je ne vous dis que ça.... Zut ! »

NOTA. — Pour lors : 1° l'un des chefs de la Société littéraire fit savoir au public que rien n'était plus problématique que l'adhésion donnée à la fameuse proposition ;

2° Une deuxième lettre vint informer le même public que celui dont Caméléon Ier avait si bien reconnu le style, etc., etc., était complètement étranger à la chose.

Caméléon rentra dans son trou et il n'en fut plus question. *Cadaver requiescat in pace !*

* * *

D'où il résulte que le proverbe AUDACES FORTUNA JUVAT n'est pas toujours vrai.

Jean s'en alla comme il était venu.

C'était au mois de septembre dernier, notre gracieuse souveraine avait daigné honorer de sa présence les mon-

---

(1) En voyant s'échapper deux mots latins d'une bouche caméléonienne, nous avons voulu nous rendre compte du phénomène, et il fut décidé que Caméléon Ier serait sommé de s'expliquer sur le sens de ces mots. Pour être juste, il faut reconnaître qu'il ne se fit pas prier, et tout aussitôt il traduisit : *suum* : À CHACUN, *Cuique* : CE QUI LUI REVIENT.

tagnes de la Savoie ; et, de tous les coins, on voyait accourir les curieux, les admirateurs, les oisifs, les positifs. (Train à prix réduit.)

Inutile d'énumérer les pétards lancés par les airs, les vivats ! les chants d'allégresse ; arrivons tout droit au très-gai chapitre des courbettes.

Les uns avaient ceint des épées à pommeau de nacre, des habits verdoyants, argentés et galonnés. Ceux-ci s'étaient exercés, huit jours à l'avance, à se plier en quatre, en six, en huit morceaux. (Ces derniers ne sont pas encore remis.)

Tout cela n'était rien, en comparaison du désopilant spectacle dont nous devons le récit à un témoin oculaire.

Soudain, au milieu de la cohue officielle, que voit-on poindre ?...

Saints du paradis !... C'est Caméléon ! Caméléon Ier lui-même, culotte courte vert-pomme, souliers de satin blanc décolletés, gilet en cœur, habit noir, splendide faux-col, d'où s'échappe sa tête comme un vrai bouquet de fleurs..., et des gants beurre-frais.

Un frémissement d'admiration courut dans les masses. C'étaient des oh! des ah ! des hi !

Les rangs s'ouvraient respectueusement...

Une grande dame blonde murmurait à l'oreille de sa compagne :

— Ma chère, c'est le représentant des charcutiers d'Annecy.

— Y pensez-vous? Madame ; c'est le grand baleinier du lac qui vient solliciter de sa Majesté un cétacé vivant.

Quelques jeunes gens qui avaient ouï les commentaires mirent leurs binocles, et l'un d'eux, ayant reconnu Caméléon Ier, partit d'un éclat de rire tout à fait incongru ; l'éclat de rire atteignit des proportions gigantesques, alors qu'on vit le soi-disant grand baleinier regagner piteusement la porte !

Oh ! ingratitude humaine !

Sa Majesté n'avait pas daigné le recevoir. (Historique.)

Mais, aussi, que diable allait-il faire dans cette galère ?

On se le demande encore dans nos murs, et quelques méchantes langues affirment que certaines visites, dont le lecteur a pu précédemment prendre connaissance, ne furent pas complètement étrangères à un si sanglant affront.

Mais, « palsembleu, » que diable allait-il faire dans cette galère ?

On en rira longtemps !

*
* *

Coups de fouets.

Cuique suum.

Ayant été traités de « Charretiers, » octroyant des coups de fouets, nous nous étions dit : Il faut pourtant donner raison à cette assertion, et nous avions délibéré d'acheter des fouets, destinés à faire leur office ailleurs qu'en l'air.

— Ah bah ! dit l'un de nous, le jeu n'en vaudrait pas la chandelle !

C'est égal, quelle rude épiderme ça possède un caméléon ! Il faudrait des balles d'acier coniques pour l'entamer.

Coups de fouets en l'air ?

Bonté divine !

Annecy. — Typ. Burdet.